kaléidoscope

Il était une fois un garçon obligé de traverser la mer

pour chercher un nouveau chez-lui.

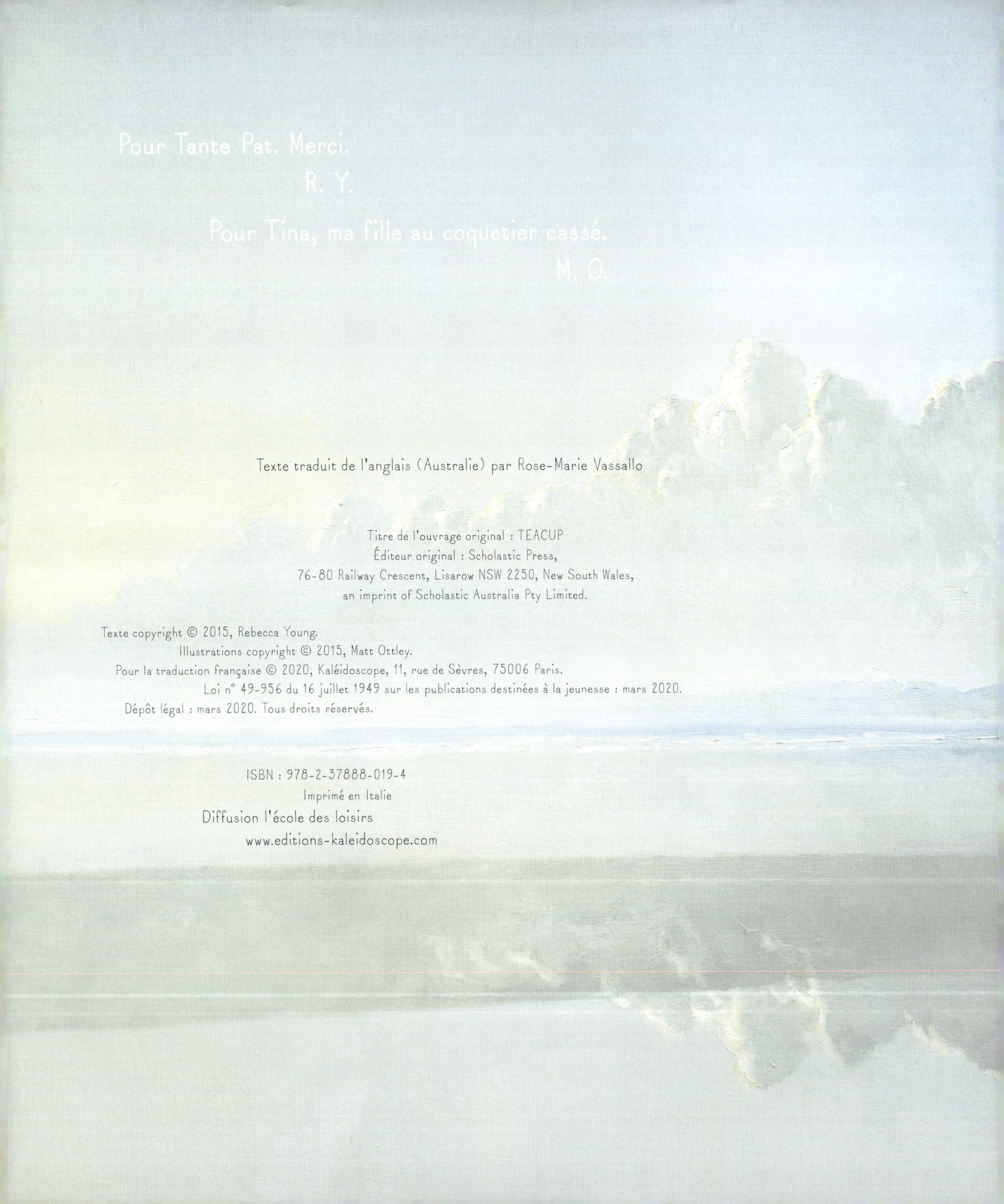

Pour Tante Pat. Merci.

R. Y.

Pour Tina, ma fille au coquetier cassé.

M. O.

Texte traduit de l'anglais (Australie) par Rose-Marie Vassallo

Titre de l'ouvrage original : TEACUP
Éditeur original : Scholastic Press,
76-80 Railway Crescent, Lisarow NSW 2250, New South Wales,
an imprint of Scholastic Australia Pty Limited.

Loi n° 49-956 du 16 juillet 1949 sur les publications destinées à la jeunesse : mars 2020.
Dépôt légal : mars 2020.

ISBN : 978-2-37888-019-4
Imprimé en Italie
Diffusion l'école des loisirs
www.editions-kaleidoscope.com

Dans son sac, il avait un livre, une gourde et une couverture.

Dans une vieille tasse, il emportait une poignée de terre

de l'endroit où il avait tant joué.

Parfois la mer était tranquille.

Elle

le berçait

pour l'endormir.

Parfois elle se mettait en colère

et le garçon serrait très fort sa tasse entre ses mains.

Parfois le ciel étincelait

et la mer se changeait en miroir blanc.

Parfois encore, le ciel était si noir

qu'il avalait toutes les étoiles.

Chaque jour, le garçon scrutait l'horizon, cherchant un point, une petite tache

qui grossirait et deviendrait peut-être un endroit merveilleux.

Mais il n'y avait pas de terre en vue.

Un jour qu'il rêvait, nez en l'air,

il vit passer un albatros dans le bleu du ciel.

L'oiseau tournait,

virait,

et lui rappela son cerf-volant

là-bas, chez lui.

Et le goût du sel sur ses lèvres

lui rappelait la brise marine

qui faisait frissonner son arbre favori.

En écoutant les baleines échanger leurs appels,

il pensait à sa maman

qui l'appelait pour goûter.

Et en voyant les nuages monter comme une vague,
il se souvenait

que tout pouvait changer

en un souffle.

Puis un matin, surprise !

Une petite chose avait germé dans sa tasse.

Elle grandissait, grandissait…

par-dessus la mer frémissante.

L'arbre lui offrait un abri, de l'ombre, des fruits
à croquer, des branches sur lesquelles grimper
avec des fourches où se blottir
pour rêvasser.

Depuis la cime...

… le garçon continuait de chercher des yeux un point sur l'horizon.

Lorsqu'il l'aperçut, c'était un grain de poussière

si minuscule

qu'il crut l'avoir imaginé.

Pourtant,

il y eut bientôt une secousse.

Le garçon explora le rivage. L'endroit lui plaisait bien.

Il décida de s'y installer…

… et attendit un souffle.

Jusqu'au jour…

… où arriva la fille au coquetier cassé.